Gilbert Delahaye - Marcel Marlier

La petite chèvre turbulente

casterman

MARLIER

La petite chèvre turbulente n'en fait toujours qu'à sa tête.

Elle bondit par-dessus la clôture, poursuit les abeilles.

La pie Jacasse a beau lui dire :

— Prends garde ! Prends garde !

— Bonjour, bonjour, crie la biquette en sautant dans l'herbe qui fera le bon foin.

— Prends garde ! Prends garde ! dit le lièvre au bout du pré, le fermier ne sera pas content.

D'où vient ce vacarme ?

C'est la petite chèvre turbulente qui court après les moutons.

— **Bê, bê,** font les brebis.

— Va-t'en, gronde Noiraud, le chien du berger.

Insouciante, elle se promène sur la voie ferrée.
— Prends garde ! dit le chef de gare,
tu finiras par te faire écraser.

En chemin, Biquette rencontre Picota, la poule.
— Si on jouait ensemble ? demande la biquette.
Toutes deux se dirigent vers la ruche.

Les abeilles sont en train de faire la sieste.
Les frelons se réveillent. Les abeilles piquent.
La biquette et Picota s'enfuient. Les insectes les poursuivent.
— Allez-vous en ! crie Philippe, le fils de la fermière.

— Vite dans la laiterie, dit la biquette.

— Ouf ! Plus de frelons. Plus d'abeilles. Ici on peut s'amuser à l'aise. Les seaux roulent. Les cruches font la culbute. On dirait qu'il y a cinq biquettes dans la laiterie.

— Prends garde ! Prends garde, Biquette !
maman n'est pas loin. Elle arrive.

— Tu ne fais que des bêtises ! dit la fermière en la chassant avec son balai. J'avais bien dit qu'il fallait l'attacher.

Puisque tu ne veux pas rester tranquille,
tu seras punie.
Et elle emmène la chèvre sur le bord du chemin. Philippe apporte un piquet et un marteau pour attacher Biquette.

Quoi de plus ennuyeux que d'être attachée ?
— Voilà un pissenlit qui a l'air délicieux. Essayons de l'attraper.
Rien à faire. La chaîne est trop courte.

— Que fais-tu là, Biquette ? demande la sœur de Philippe.

— Elle a été punie, dit le petit garçon.

— **Bê bê bê**, fait la chèvre en remuant la queue,

Je voudrais bien m'en aller.

Se promenant par là, Noiraud rencontre la biquette.

— Je ne peux plus bouger, dit-elle.

— Tu as encore fait des bêtises. Voilà pourquoi tu es attachée.

Biquette voudrait bien chasser les papillons.

Ah, si elle était libre !

Elle tire sur la chaîne…

— On dirait que mon collier s'est détaché. Mais c'est vrai!

Voilà Biquette libre, libre…

Elle court à droite, à gauche. On la voit partout en même temps : dans la cour de la ferme, dans le jardin, dans le pré.

— **Au secours !**, crient les oies,

en courant sur le chemin.

— Tu ne veux pas rester attachée ? dit la fermière.
Nous allons t'enfermer.
Elle emmène la petite chèvre dans le verger.
— C'est embêtant d'être enfermée ! se dit Biquette
en remuant la barbichette.

Dans le verger, il y a un tas de bois qu'on a mis sécher.
— Tiens une feuille pend sur cette bûche !... Tirons pour voir...
— Prends garde, dit le coq, prends garde.
Mais Biquette tire. Et **patatras!** le tas de bûches s'écroule.

— C'est encore Biquette !

— Prends garde, Biquette, dit Noiraud. Sinon on t'attachera par la Barbichette !

La barbichette, Saperlipopette ! Biquette apeurée, fut dorénavant la plus sage des petites chèvres.

Martine un personnage créés par Gilbert Delahaye et Marcel Marlier / Léaucour Création.

http://www.casterman.com

D'après « La petite chèvre turbulente » Gilbert Delahaye.
Achevé d'imprimer en août 2010, en France par PPO. Dépôt légal : janvier 2011 ; D. 2011/0053/34
Déposé au ministère de la Justice, Paris (loi n° 49.956 du 16 juillet 1949 sur les publications destinées à la jeunesse).
ISBN 978-2-203-03781-6